Expédition chez les manchots

L'autrice : Mary Pope Osborne a écrit près d'une centaine de livres, récompensés par de nombreux prix. Elle vit à New York avec son mari, Will, mais voyage beaucoup pour rencontrer ses lecteurs. Lorsqu'ils ont envie de retrouver le calme de la nature, ils se réfugient dans leur chalet en Pennsylvanie. Là-bas, juste en face d'un lac, ils ont leur propre cabane dans un arbre...

L'illustrateur : Philippe Masson, né à Rennes en 1965, est issu d'une famille de marins bretons. Il est tombé amoureux de la Touraine où il vit et travaille. Dessinateur de talent, il a illustré de nombreuses séries chez Bayard, et même de la bande dessinée !

À Nory van Rhyn, qui me rappelle Pirlouit

Illustration de couverture et illustrations intérieures : Philippe Masson
Colorisation de la couverture : Élisabeth Jammes

La Cabane Magique est une marque déposée.

Loi n° 49-956 du 16 juillet 1949 sur les publications destinées à la jeunesse.
Dépôt légal : janvier 2021 – ISBN : 979-1-0363-2455-0
Imprimé en Italie

PEFC™
PEFC/18-31-280
Certifié PEFC
Ce livre est issu de forêts gérées durablement et de source contrôlées
www.pefc-france.org

Mary Pope Osborne

La Cabane Magique

Expédition chez les manchots

Traduit et adapté de l'américain
par Marie-Hélène Delval

Illustré par Philippe Masson

bayard jeunesse

Léa

Âge : huit ans.

Domicile : près du bois de Belleville.

Caractère : espiègle et curieuse.

Signes particuliers : ne manque jamais une occasion d'entraîner son frère Tom dans des aventures mouvementées, sans se soucier du danger.

Tom

Âge : dix ans.

Domicile : près du bois de Belleville.

Caractère : studieux et sérieux.

Signes particuliers : aime beaucoup les livres, qui l'aident à se sortir de situations périlleuses.

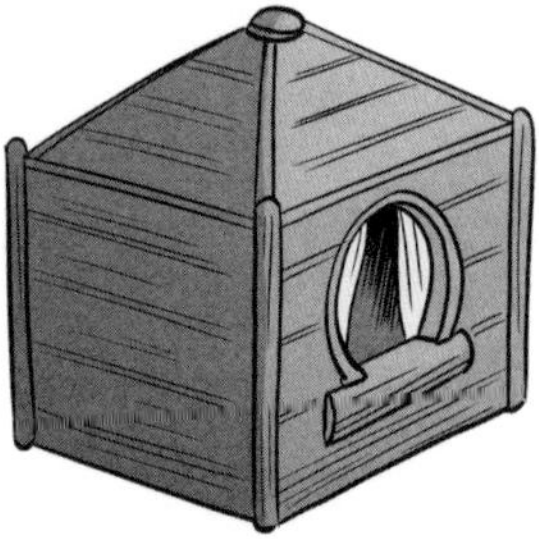

Les trente-quatre premiers voyages de Tom et Léa

Tom et Léa ont découvert dans le bois de Belleville, perchée en haut d'un chêne, une cabane pleine de livres.

C'est une cabane magique !

Elle appartient à la fée Morgane, une magicienne et une célèbre bibliothécaire qui voyage à travers le temps et l'espace pour rassembler des livres.

Nos deux jeunes héros ont déjà vécu des aventures extraordinaires ! Il leur suffit d'ouvrir un livre, de poser le doigt sur une image en souhaitant se trouver à l'endroit représenté, et ils y sont aussitôt transportés !

Dans le tome précédent, Morgane a envoyé Tom et Léa à la découverte des fonds marins.

Souviens-toi...

34. Un monstre sous les mers

Les enfants ont embarqué sur le *HMS Challenger*, en compagnie de scientifiques. Pendant une tempête, ils sont passés par-dessus bord. Une pieuvre géante les a sauvés, et ils ont trouvé un troisième secret du bonheur : « Être compatissant envers les êtres vivants, quels qu'ils soient »...

Nouvelle mission

Tom et Léa doivent découvrir quatre secrets du bonheur et les partager avec Merlin pour l'aider à guérir !

La fée Morgane est inquiète, car Merlin va très mal. Il ne mange plus, ne dort plus, et personne, à Camelot, ne parvient à lui redonner le goût de vivre. Morgane pense que seuls Tom et Léa sont capables de sauver Merlin...
Sauront-ils éviter tous les dangers ?
Lis vite ces quatre nouveaux Cabane Magique !

32. Le dragon du mont Fuji
33. Le secret de Léonard de Vinci
34. Un monstre sous les mers
35. Expédition chez les manchots

Prêt à suivre Tom et Léa dans leurs dangereuses aventures ?
Bon voyage !

1

Un sourire !

L'air est frisquet, par cet après-midi de novembre. Un vol d'oies sauvages fend les nuages en criant. Tom ratisse des feuilles mortes devant la maison.

Léa cadre son frère dans le viseur de son appareil photo :

– Un petit sourire !

Tom fait le pitre et la gratifie d'une magnifique grimace.

– Non ! Un vrai sourire ! Je prépare mon dossier sur la vie de famille, pour l'école.

Le garçon louche et tire la langue.

– Oh, tu es trop bête ! grommelle sa sœur. Moi, je vais faire un tour au bois.

– C'est ça, bon débarras !

– Et… si la cabane magique était de retour ?

– C'est ce que tu prétends chaque fois que je suis occupé, proteste le garçon.

– Teddy et Kathleen nous attendent peut-être…, insiste la petite fille.

– Alors, vas-y ! Amuse-toi bien ! Je veux finir de nettoyer la pelouse avant la nuit.

Tom lève les yeux vers le ciel, juste à temps pour voir passer au-dessus du bois un étrange rayon lumineux. Son visage s'éclaire aussitôt :

– Oh ! Tu as vu ?

– Ne bouge plus ! lance Léa en appuyant sur le déclencheur. C'était parfait ! Merci !

Son frère, visiblement intrigué, insiste :
– Tu ne l'as pas vue ? Cette lumière bizarre, au-dessus des arbres ?
– Ha, ha, très drôle ! ricane Léa.
– Mais non, je suis sérieux. Une drôle de lumière, très vive ! Attends une minute !

Tom laisse tomber son râteau. Il court vers la porte de la cuisine et lance :
– Maman ? Léa et moi, on s'en va faire un tour !
– D'accord, répond leur mère. Mais couvrez-vous bien, et surtout ne rentrez pas trop tard.
Tom décroche leurs bonnets et leurs écharpes du porte-manteau, attrape son sac à dos et rejoint sa sœur :
– En route !
Léa range son appareil photo dans la poche de son blouson, et tous les deux partent au trot.
Ils arrivent bientôt à l'orée de la forêt et s'engagent sur le sentier ; les feuilles mortes craquent sous leurs pieds.
La cabane est là, en haut du plus grand chêne ! Penchés à la fenêtre, Kathleen et Teddy saluent les enfants.
– Bonjour ! leur crie joyeusement Léa.

– On s'apprêtait à venir vous chercher, lance la Selkie. Comment avez-vous deviné qu'on était arrivés ?

– J'ai aperçu un rayon lumineux, explique Tom. J'ai su que c'était magique.

Sa sœur et lui escaladent l'échelle de corde. Arrivés en haut, ils embrassent les enchanteurs.

– Vous avez une nouvelle mission à nous confier ? demande Léa.

– Oui, dit Teddy. Ça devient urgent.

Les larmes aux yeux, Kathleen ajoute :

– Merlin va mal, il s'affaiblit de jour en jour.

– Oh ! gémit Léa.

– Morgane veut que vous rapportiez le quatrième secret du bonheur aujourd'hui sans faute, reprend Teddy. Après quoi, vous irez à Camelot les partager avec Merlin. Vous n'avez pas oublié les trois premiers, j'espère ?

– Bien sûr que non ! se récrie Tom. Nous avons trois cadeaux pour nous aider à nous en souvenir. Je les garde toujours dans mon sac.
– Un poème, un dessin et un coquillage, précise Léa.
Teddy approuve de la tête :
– Parfait ! Voilà l'endroit où vous partez en mission.
Et il donne à Tom un livre. Le titre écrit en gros sur la couverture est :

Le monde de l'Antarctique

– L'Antarctique ! s'exclame le garçon. On l'a étudié en classe. Il n'y a rien d'autre que de la glace, là-bas ! Où va-t-on trouver le dernier secret du bonheur ?
– Ne vous inquiétez pas, Morgane vous envoie cette comptine pour vous aider, intervient Kathleen.

Léa prend le morceau de parchemin que la Selkie lui tend et lit à voix haute :

Pour le dernier secret vous irez, je le veux,
Vers une montagne de neige, de glace et de feu.
Roulez, volez, et puis dégringolez.
La grotte de l'Ancienne Couronne découvrez.
Avant la fin du jour à Camelot soyez.
Car ainsi à jamais du cœur lourd de Merlin
S'en ira le chagrin.

– Je ne comprends pas, marmonne Tom. Une montagne de neige et de feu ? Une Ancienne Couronne ? Ça évoque un pays de conte. Pourtant l'Antarctique existe réellement.

– Tu as raison, les comptines de Morgane sont souvent énigmatiques, admet Teddy.

– Vous avez toujours la baguette de Dianthus avec vous, n'est-ce pas ? questionne Kathleen.

Tom vérifie, par sécurité : oui, la jolie corne torsadée luit doucement au fond de son sac.

– Et vous vous souvenez des trois règles ? ajoute la Selkie.

– Bien sûr, affirme Léa. La magie ne fonctionne que si on pense aux autres avant de penser à soi, et si on a d'abord essayé tous les moyens possibles. Enfin, la formule doit comporter cinq mots, pas plus, pas moins !

– Oui, tu as raison, c'est tout à fait ça.
Tom soupire :
– J'aimerais tellement que vous puissiez nous accompagner !
– Nous devons retourner auprès de Morgane pour l'aider à soigner Merlin, dit doucement Kathleen. Intelligents et courageux comme vous l'êtes, je suis certaine que vous réussirez votre mission une fois de plus.
Le compliment fait rougir Tom comme une tomate. Mais les mots de la Selkie lui redonnent confiance.
– Quand vous aurez trouvé le quatrième secret, dépêchez-vous de nous rejoindre ! reprend Teddy. Alors, vous n'aurez qu'à désigner du doigt le mot « Camelot » qui est inscrit sur le parchemin, et à formuler votre souhait.
– Partez, maintenant, les presse Kathleen. Bonne chance, et à bientôt !

Tom inspire profondément, pose l'index sur la couverture du livre et prononce la phrase habituelle :

– Nous voulons être transportés là !

Aussitôt, le vent se met à souffler, la cabane à tourner.

Elle tourne plus vite, de plus en plus vite. Elle tourbillonne comme une toupie folle.

Puis tout s'arrête, tout se tait.

2

De la glace partout

– Bienvenue en Antarctique ! s'écrie Léa.

Son frère et elle sont emmitouflés dans de chauds vêtements : pantalons épais, moufles, bottes fourrées à crampons et parkas rouge vif à capuchon. Celui de Léa est bordé de fourrure. De grosses lunettes de ski leur protègent les yeux, une cagoule de laine leur couvre la bouche et le nez. Tom a un sac de randonnée sur le dos.

Il se sent engoncé dans cet équipement. Il abaisse le bord de la cagoule et relève les lunettes sur son front. Léa l'imite.

Les enfants s'approchent de la fenêtre de la cabane. Leur haleine monte en vapeur blanche dans l'air glacé.

– Quel froid ! fait Tom.

Le vent lui pique le visage ; il en a les larmes aux yeux. Mais il préfère examiner le paysage à l'œil nu.

La cabane s'est posée sur une corniche de glace, au bord de l'océan, à mi-hauteur d'une falaise. L'eau étincelle au soleil. Le rivage est désert et silencieux.

– C'est complètement vide, marmonne Tom. Je me demande où on va trouver l'Ancienne Couronne. Personne ne vit ici.

– Explorons les alentours ! propose Léa.
– Pas si vite !
Tom enlève ses moufles et ouvre le livre.
Au premier chapitre, il lit :

Le continent Antarctique est l'endroit le plus froid, le plus sec et le plus venteux de la planète.
Cette terre plus vaste que les États-Unis est recouverte de glace :
falaises de glace, icebergs, grottes de glace...

– Il y a beaucoup de glace, on a compris, s'impatiente Léa. Bon, on y va ?
– Une minute !
Tom poursuit :

Pourtant, l'Antarctique n'a pas toujours été cet immense désert glacé.
Il y a des millions d'années,
il était relié à un supercontinent,

le Gondwana, couvert de forêts,
abritant de nombreux animaux,
et même des dinosaures.
Cependant, aucun humain n'y a jamais habité.

– Ça semble clair, non ? commente-t-il. Pas de roi, pas de reine, donc forcément pas de couronne !
– D'accord ! Mais si on allait explorer ?
Sans se laisser démonter, le garçon continue :

Il y a vingt-trois millions d'années,
l'Antarctique s'est séparé du Gondwana
et a dérivé vers le sud.

– Bon, eh bien, moi, je dérive de mon côté, décide Léa. Salut !
Elle passe par la fenêtre et disparaît derrière la cabane.

Tom se replonge dans sa lecture, mais, presque aussitôt, il entend sa sœur pouffer :
– Oh, Tom ! Viens voir !
Cette fois, il ferme le volume :
– Quoi ?
– Viens, je te dis ! Tu ne vas pas en croire tes yeux.
Tom attrape son sac à dos, roule le parchemin de Morgane, le met dans sa poche et renfile ses moufles. Puis, serrant le livre contre sa poitrine, il enjambe à son tour le rebord de la fenêtre.
Il se laisse guider par les rires de sa sœur.
Sur le rivage gelé, le garçon découvre plusieurs familles de manchots. Les adultes ont un large poitrail blanc, les ailes et le dos noirs, et des bandes orange sur les joues.

Les bébés ressemblent à des pelotes de duvet gris. Ils avancent vers Léa en se dandinant. Ils sont si drôles que Tom ne peut s'empêcher de rire, lui aussi. On dirait un comité de petits hommes en habit de cérémonie.

Le groupe s'arrête devant Léa et jabote[1] amicalement.

– Bonjour, les gars ! leur lance Léa. Ravie de vous rencontrer.

Les oiseaux l'examinent avec curiosité.

1. Quand les manchots poussent leur cri, on dit qu'ils jabotent.

Tom tourne rapidement les pages du livre jusqu'à ce qu'il trouve une image :

Le manchot empereur est le plus grand représentant de cette espèce, et aussi le plus ancien.
Un adulte mesure un mètre à un mètre trente, et pèse entre vingt et quarante kilos.
Les chercheurs pensent que son plus lointain ancêtre vivait il y a quarante millions d'années.

Le garçon s'interroge à voix haute :
– On est arrivés à quelle époque ? On est remontés de mille ans en arrière ?
Léa hausse les épaules :
– Aucune idée ! En tout cas, moi, je vais prendre une photo pour mon projet « vie de famille ». On dirait vraiment une famille, tu ne trouves pas ?

Elle sort son appareil et cadre les manchots :

– Un petit sourire, s'il vous plaît !

Mais, au moment où elle appuie sur le déclencheur, une ombre passe sur la glace. Aussitôt, les manchots se serrent les uns contre les autres avec des caquètements affolés.

Les enfants lèvent la tête. L'ombre est celle d'un énorme oiseau qui décrit des cercles au-dessus d'eux. Il est gris brun, avec un gros bec recourbé. Il pousse un drôle de cri.

– Qu'est-ce que c'est que ça ? demande Léa, un peu effrayée.

Vite, Tom cherche dans son album. Ayant trouvé la bonne image, il lit :

**Les pétrels géants sont les vautours de l'Antarctique.
Ils se nourrissent de bêtes et d'oiseaux morts.
Ils attaquent parfois les bébés phoques et les bébés manch...**

Un cri de Léa l'interrompt :
– Oh, non !
Le pétrel a piqué vers les manchots.
Il frappe un petit de son aile et repart aussitôt dans les airs.
Le poussin court en piaillant. Le gros oiseau referme ses ailes et pique encore une fois.
– Va-t'en ! hurle Léa.
Le pétrel remonte, décrit un cercle puis revient à l'attaque.

Tom ramasse une poignée de neige pour pétrir une boule. Il n'a pas le temps de la lancer que le volatile géant est déjà là. Tom se laisse tomber à genoux et protège le bébé manchot de ses bras.

Léa poursuit le grand oiseau avec des gestes menaçants :
– Fiche le camp, toi !
Le pétrel pousse un cri de colère, puis il file vers le ciel et disparaît de l'autre côté de la falaise. Tom lâche le poussin, qui s'ébroue et secoue la tête comme pour remercier son sauveur.

– Il n'y a pas de quoi, fait Tom en riant. Va rejoindre ta famille, maintenant !

Les manchots se frappent joyeusement le corps de leurs ailes. Puis ils se dirigent à petits pas rapides vers la rive gelée. Un à un, ils plongent dans la mer.

– Salut, les gars ! leur lance Léa.

À cet instant, un bruit curieux retentit :

HONK !

Tom sursaute et observe les alentours :

– Qu'est-ce que c'est ?

HONK !

– On dirait un klaxon, s'étonne Léa.

– Bizarre…

– Ça vient de ce côté.

Tom suit sa sœur, qui escalade la pente gelée. Les crampons de leurs bottes s'enfoncent dans la glace, les empêchant de glisser. Quand ils sont au sommet, ils découvrent un spectacle surprenant.

– On n'est pas remontés dans le temps, en fin de compte, constate Tom.

3

Des personnes de petite taille

De l'autre côté de la pente se dressent une centaine de bâtiments préfabriqués peints en jaune, brun et vert. Il y a des citernes, des hangars, des canalisations en métal. De gros engins roulent sur une chaussée couverte de gravier.

HONK !

C'est un grand autocar rouge monté sur d'énormes roues qui klaxonne. Il est stationné tout près.

– Qu'est-ce que c'est que cet endroit ? s'étonne Léa.

Tom trouve dans le livre une photo évoquant exactement la scène qu'ils ont sous les yeux. La légende indique :

Base de Mc Murdo.

Le garçon lit le texte écrit en dessous :

De nombreuses bases scientifiques sont installées en Antarctique, accueillant des chercheurs venus de différents pays.
La plus grande est la base américaine de Mc Murdo.

HONK !

Tom lève les yeux : quatre silhouettes emmitouflées dans des parkas rouges sortent d'un bâtiment et se dirigent vers le véhicule. La tête couverte d'un capuchon, ces gens portent aussi de grosses lunettes et des cagoules.

– Ce sont des scientifiques, suppose Tom.

– Allons leur parler !
– Impossible ! Ils vont se demander pourquoi deux enfants voyagent tout seuls en Antarctique !
– On n'a qu'à mettre nos lunettes et remonter nos cagoules sur notre nez, on leur ressemblera, en moins grands. Ils penseront qu'on est des personnes de petite taille.
– Hum…, fait Tom, pas très convaincu. Ça m'étonnerait que ça marche.

Une femme descend alors de l'autocar. Elle s'adresse aux quatre arrivants :

– Bonjour, tout le monde ! Je m'appelle Nancy Tyler. Je suis votre chauffeur et votre guide pour la journée.

Lorsqu'elle aperçoit Tom et Léa, elle les interpelle :

– Vous faites aussi partie du groupe d'exploration du volcan ?

En parlant, elle désigne une montagne dont le sommet se dresse au loin.

– Tu entends ça, Léa ? s'exclame Tom. Un volcan !

Il met ses mains en porte-voix et crie de la façon la plus grave possible :

– Oui ! On arrive !

– Quoi ? lâche Léa. Tu veux que…

– Un volcan ! Rappelle-toi la comptine : ***une montagne de neige, de glace et de feu.***

– Oh ! Tu as raison !

– Vite, camoufle ton visage !

Les enfants se dirigent vers l'autocar.

– Ne parle que si tu y es obligée, conseille Tom à sa sœur.

– D'accord, répond Léa sur un ton éraillé.

– Heu… Évite de parler, en fait !
Lorsqu'ils arrivent, tout le monde est déjà monté, sauf Nancy.
– Vous êtes juste à l'heure ! Suivez-moi !
Elle escalade les marches et s'assied sur le siège du chauffeur.
Le frère et la sœur la suivent sans un mot. Dans l'allée, Tom jette un bref regard aux membres du groupe. Ils le saluent d'un hochement de tête et le garçon leur rend leur salut.
Tous sont dissimulés derrière leurs lunettes et leurs écharpes. Impossible de déterminer quel âge ils ont, ni si ce sont des hommes ou des femmes.
Les enfants s'installent sur la banquette arrière, un peu à l'écart des autres.
D'un coup d'œil dans le rétroviseur, la conductrice vérifie si tout le monde est bien assis. Après avoir fermé la portière, elle met le moteur en marche.

Le véhicule s'ébranle sur ses énormes roues, et Tom regarde par la fenêtre : le soleil se réfléchit sur des champs de neige éblouissants ; le vent soulève des cristaux de glace. Le paysage entier étincelle.

– Prêts pour l'aventure ? demande Nancy. Alors, en route !

« Jusque-là, tout va bien », pense Tom.

Personne ne s'est rendu compte qu'ils sont des enfants.

– Le trajet n'est pas long, reprend Nancy. Ça nous laisse quand même le temps de faire connaissance. Je m'appelle Nancy. Je travaille ici comme guide, chauffeur, et mécanicienne à l'occasion.

– Super ! souffle Léa.

– Je sais que vous êtes des chercheurs et des journalistes venus de différents pays, continue la jeune femme. À vous de vous présenter !

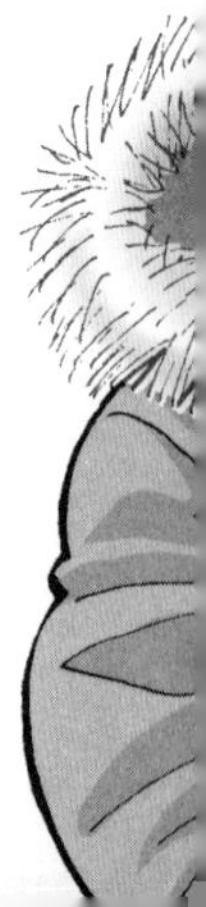

Quelqu'un au premier rang enlève ses lunettes et abaisse sa cagoule :
– Mon nom est Lucy Bank. Je suis américaine et ingénieur aérospatial. J'écris un rapport sur l'utilisation des robots dans le cratère du mont Erebus. Nous espérons pouvoir utiliser cette technique sur Mars très prochainement.
« Aïe, aïe, aïe, s'affole Tom. Et nous, qu'est-ce qu'on va raconter ? Que nous sommes Tom et Léa, du Bois de Belleville ? Que la fée Morgane nous a envoyés en Antarctique pour découvrir le quatrième secret du bonheur et sauver Merlin, le magicien de Camelot ? »
– Très intéressant, Lucy, approuve Nancy. Aucun endroit sur Terre ne ressemble autant à la planète Mars que l'Antarctique.

L'homme qui est assis juste derrière Lucy se présente à son tour :

– Je m'appelle Ali Khan, biologiste. Je viens de Turquie afin d'observer la résistance à la chaleur des bactéries dans le cratère du mont Erebus.

Tout en brandissant un carnet de notes, le troisième passager annonce :

– Tony Star, de Sydney en Australie. Je suis reporter pour le *Sydney Morning Herald.*

« Bonne idée, ça », pense Tom. Il enlève une moufle et sort de son sac son calepin et son stylo.

– Kim Lee, déclare la femme assise derrière Tony. Je prends des photos pour un magazine coréen.

– C'est magnifique ! s'exclame Nancy. Et mes deux amis au fond ?

Bien caché derrière son masque, Tom lance d'une voix de basse :

– Tom, de *La gazette du bois de Belleville,* en France.

Il agite son carnet :

– Je prépare un reportage sur… l'Antarctique… que… qui…

Voyant qu'il bafouille, Léa s'élance aussitôt à son secours.

Elle fouille dans sa poche, brandit son appareil photo et déclare avec une voix aussi grave que possible :
– Je suis Léa, sa photographe !
Nancy approuve de la tête :
– Voilà un super groupe ! Maintenant, je vous répète les instructions. Il y a des règles extrêmement importantes à respecter, sur ce continent.
Tom s'apprête à noter.
– Ne jamais se précipiter, continue Nancy. Garder toujours en tête l'endroit où on va et le but recherché.
Tom gribouille : *Aller lentement.*
– Ne jamais s'aventurer seul sur un champ de neige. La couche neigeuse peut dissimuler des failles profondes.
Rester avec les autres.
Trous dans la glace ! résume Tom.
– Et, surtout, rappelez-vous toujours : l'Antarctique est une zone protégée.

Il ne faut jamais toucher un animal ni perturber la vie sauvage !
– Oups ! lâche Léa.
Tom fronce les sourcils et marmonne :
– On n'a pas vraiment respecté les règles en sauvant ce petit manchot…
– On ne le fera plus, chuchote Léa.
Le garçon hoche la tête et écrit : *Ne pas toucher les animaux.*
– C'est bien compris ? demande Nancy.
Tout le monde approuve.
– Bien. Je suis impatiente de partager ma connaissance de ce pays fascinant avec vous.
L'autocar roule, et personne ne semble s'intéresser aux enfants. Tom murmure à sa sœur :
– Tu as entendu ? Ça fonctionne, Nancy nous a appelés « mes deux amis ». Les autres s'imaginent sans doute qu'elle nous connaît.

– Oui, répond Léa tout aussi bas. Et elle doit sûrement s'imaginer que les autres nous connaissent.
– Ça marche, je n'en reviens pas !
– C'est comme notre dernière mission, sur le bateau, avec Henry[1].
– C'est encore mieux ! Ici, on nous traite en adultes. Et je n'ai pas le mal de mer !
Léa fait remarquer :
– En plus, de nos jours, les femmes ont des métiers passionnants, ce n'est pas réservé aux hommes !
– Tu as raison. Mais il y a quelque chose que je ne saisis pas, dans la comptine.
Tom tire le parchemin de sa poche, et tous deux relisent en silence :

Pour le dernier secret vous irez, je le veux,
Vers une montagne de neige, de glace et de feu.
Roulez, volez, et puis dégringolez.
La grotte de l'Ancienne Couronne découvrez.

1. Lire le tome 34, *Un monstre sous les mers.*

Avant la fin du jour à Camelot soyez.
Car ainsi à jamais du cœur lourd de Merlin
S'en ira le chagrin.

– Tu vois, reprend le garçon. Le texte parle d'un monde magique. Or, l'Antarctique est à cent pour cent réel. C'est un endroit pour les scientifiques, pas pour les magiciens !

– C'est vrai, mais certaines choses collent : la montagne de neige, de glace et de feu, c'est le mont Erebus.

La petite fille pointe le doigt en direction de la vitre :

– Et d'ailleurs, regarde là-bas !

Une montagne blanche s'élève à quelque distance. Ses pentes sont couvertes de neige, et des volutes de fumée montent de son sommet avant de se disperser dans le bleu du ciel.

– C'est une montagne de feu, en effet, reconnaît Tom.

– Et nous *roulons*, insiste Léa.

– Exact ! Mais comment va-t-on *voler* ? Est-ce que…

Il est interrompu par une exclamation de sa sœur :

– Ça alors !

– Quoi ?

– Voilà la réponse !

4

Mal des montagnes

Un hélicoptère orange et blanc descend vers un champ gelé. Ses patins d'atterrissage sont équipés de skis, ce qui lui permet de se poser sur la neige. L'autocar s'arrête à la lisière du terrain.

– L'hélicoptère va nous emmener au sommet du volcan ! comprend Léa.

– Et on va *voler* ! C'est super !

Nancy se lève et s'adresse d'un ton solennel aux passagers :

– Avant de gagner l'hélico, écoutez-moi ! Les pales sont extrêmement dangereuses.

Ne vous en approchez jamais à moins d'y avoir été invités !
Tout le monde observe les grandes lames métalliques, qui ralentissent et finissent par s'immobiliser. Derrière la vitre, le pilote lève la main.
– Peter nous fait signe, observe Nancy. On peut y aller.
Tom range le parchemin dans sa poche, remet le sac sur son dos. Carnet et stylo à la main, il parcourt l'allée derrière Léa et les autres avant de descendre les marches du véhicule. Tous s'avancent dans la lumière éblouissante.
– Montez à bord ! les invite Nancy.
Les enfants grimpent à la suite des quatre adultes dans une étroite cabine. Ils s'asseyent sur deux rangées de sièges, juste derrière le pilote, et chacun boucle sa ceinture.
Nancy ferme la porte et la verrouille.

Elle s'installe ensuite à côté de Peter.
– Regardez sous votre siège, il y a des écouteurs, explique-t-elle. Mettez-les ! Ils atténueront le bruit, et je pourrai vous parler avec le micro.
Tom et Léa repoussent leur capuchon comme tout le monde, mais ils gardent leur cagoule et leurs lunettes. Ils coiffent les écouteurs ; les épais coussinets étouffent aussitôt les bruits extérieurs.
Ils entendent la voix de Nancy, qui teste les appareils :
– Un, deux, trois ! Est-ce que tout le monde m'entend ?
Les passagers font oui de la tête.
– Alors, c'est parti ! En route pour le mont Erebus !
Le moteur se met en marche. Même avec les oreilles protégées, Tom entend le rugissement du rotor qui fait tourner les pales. L'hélicoptère vibre, il décolle.

Tom retient son souffle. L'engin secoué par le vent s'incline. Puis il monte en bourdonnant dans le ciel bleu.
Léa prend une photo à travers la fenêtre. La photographe coréenne fait de même, et le journaliste australien gribouille dans son calepin.

Tom est beaucoup trop excité pour prendre des notes :
« C'est génial ! Tout ce qui est écrit dans la comptine se réalise ! »
Tout en volant vers la montagne de neige et de feu, il se rappelle la suite du poème de Morgane : ***Roulez, volez, et puis dégringolez…***
« Hé ! pense-t-il, inquiet. Qu'est-ce que ça signifie ? Que l'hélicoptère va tomber ? Que c'est nous qui allons tomber de l'hélicoptère ? »
Léa lui fait un signe de victoire discret du pouce. Le garçon ne veut pas affoler sa sœur ; il approuve de la tête.
Par la vitre, il regarde avec anxiété approcher la cime du mont Erebus, qui forme un cercle incandescent d'un rouge orangé.
À nouveau, la voix de Nancy résonne dans les écouteurs :

– Vous pouvez admirer au-dessous de nous l'un des lacs de lave les plus célèbres au monde.
L'hélicoptère s'immobilise à la verticale. Le magma incandescent du cratère bouillonne en formant de grosses bulles.
– Ce lac est vraiment impressionnant, reprend Nancy. Il fait plusieurs kilomètres de profondeur et sa température est proche de mille degrés. Tout le monde voit bien ?

Peter incline l'hélicoptère d'un côté, puis de l'autre. Les passagers poussent des « oh » et des « ah », sauf Tom. Kim Lee et Léa prennent des clichés.

« Partons d'ici ! supplie intérieurement Tom. Vite, avant qu'on dégringole ! »

– Merci, Peter, dit enfin Nancy. Tu peux nous ramener au camp de base.

L'engin vire et entame sa descente le long du flanc du volcan. Tom aperçoit un petit bâtiment orange. Des motoneiges sont garées tout autour.

Un instant plus tard, l'hélicoptère s'est posé. Après quelques secousses, il s'arrête.

« Ouf ! pense Tom. On n'a pas chuté du haut du ciel dans un lac de lave brûlante ! Mais alors, de quelle dégringolade peut bien parler la comptine ? »

– Restez assis et gardez vos ceintures attachées jusqu'à ce que les pales soient complètement arrêtées, recommande Nancy.

Puis elle explique :

– Vous allez piloter vos motoneiges jusqu'au sommet. Sur ces pentes raides et gelées, il faut être extrêmement prudent. Respectez bien les consignes de sécurité qui vous ont été données hier lors de votre entraînement.

Tous acquiescent, y compris Léa. Tom lui envoie un coup de coude : ils n'ont suivi aucun entraînement, eux !

– Un autre conseil, poursuit leur guide. Vous vous êtes préparés depuis une semaine à résister au mal des montagnes. Néanmoins, tout danger n'est pas écarté. Prévenez-moi aussitôt si vous ressentez le moindre symptôme.

« C'est quoi, le mal des montagnes ? » s'interroge Tom.

Enlevant de nouveau ses moufles, il sort le livre de son sac à dos et cherche dans le sommaire. Il lit :

Le mal des montagnes est causé par le manque d'oxygène à haute altitude.

**Les symptômes sont des maux de tête,
des nausées, des vertiges,
des bourdonnements d'oreilles,
une sensation d'étouffement.
Les alpinistes s'efforcent de l'éviter
en montant par étapes.**

« Mais nous, on n'est pas préparés... », s'inquiète le garçon.
Le rotor de l'hélicoptère se tait. Nancy s'écrie :
– On descend ! Avant de partir pour le sommet, réunion dans le refuge !
Elle déverrouille la porte. Les passagers ôtent leurs écouteurs et les rangent sous les sièges. Après quoi, ils suivent leur guide à l'extérieur.
Tom est le dernier à descendre. Il a dû batailler pour ranger son livre, remettre ses moufles, enfiler les courroies de son sac à dos.

– Qu’est-ce que tu fabriquais ? demande Léa quand il saute enfin sur la neige.
Le garçon secoue la tête sans répondre.
Nancy salue le pilote de la main :
– Bon retour, Peter ! À bientôt !
Peter lui rend son salut. Puis les pales se remettent à tourner. L’hélicoptère décolle et s’éloigne en grondant.

5

Bombes de lave

À la sortie de l'hélicoptère, l'air est glacial. Tom observe les motoneiges garées près du bâtiment. Il chuchote à Léa :
– On ne sait pas conduire ces engins, on n'a suivi aucun entraînement, on ne s'est pas préparés au mal des montagnes…
– Ne t'inquiète pas, réplique sa sœur. En cas de problème, on a la baguette de Dianthus.
– Tu sais bien qu'on ne peut pas s'en servir rien que pour nous ! De plus, on n'a pas encore employé tous les moyens.

– Venez donc par ici ! les invite Nancy.

Elle fait entrer le petit groupe dans un baraquement peint en orange. Les enfants suivent le mouvement. L'unique pièce est meublée d'une table et de chaises. Un radiateur donne un peu de chaleur.

Des piolets sont accrochés au mur. Sur des étagères, des boîtes contenant des mélanges de fruits secs sont alignées. Des couvertures s'entassent dans un coin.

À côté, de grosses bonbonnes d'eau sont entreposées.

– Si vous avez soif, dit Nancy, savourez la meilleure eau du monde ! C'est de la glace fondue en provenance du glacier.

Lucy, Kim, Tony et Ali remplissent des gourdes en aluminium et vont s'asseoir pour boire. Tom a la bouche sèche, mais il fait signe à sa sœur : pas question qu'ils montrent leurs visages !

– J'ai encore quelques conseils à vous donner avant le départ, annonce Nancy. Je vous recommande à nouveau la plus grande prudence avec les motoneiges. Dans la montée vers le cratère, conduisez de biais. Ne serrez jamais les freins brusquement, l'engin serait déstabilisé. N'essayez pas de sauter les bosses, vous ne contrôlez votre trajectoire que lorsque les deux patins reposent au sol.

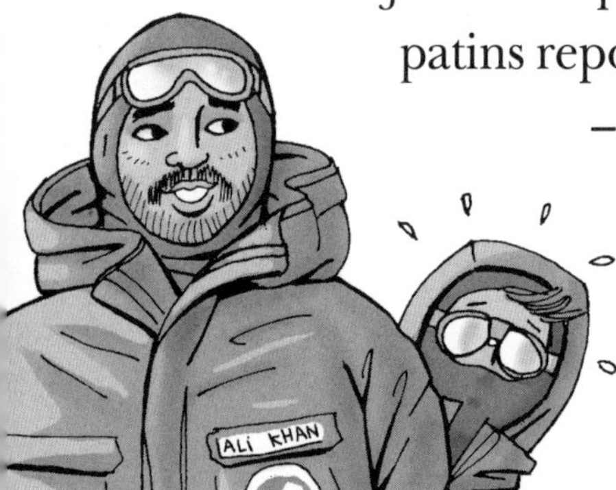

– Et prenez garde aux bombes ! ajoute Ali, le biologiste.

– Les bombes ? s'écrie Tom.

Il se racle la gorge. Puis il reprend d'une voix grave :

– Quelles bombes ?

– Les blocs de lave crachés par le cratère, explique Ali.

– Comme une purée bouillante jaillissant hors d'une casserole, commente Lucy, l'ingénieur aérospatial.
– Sauf qu'en fait de purée, reprend Ali, ce sont d'énormes morceaux de roche en fusion, parfois aussi gros qu'une voiture. En retombant, ils creusent de profonds trous dans la glace.
– Et si elles s'écrasent sur votre tête..., ajoute Tony en gloussant. Vous voyez le tableau ?
Tom préfère ne pas l'imaginer.
– Un peu de sérieux, intervient Nancy. Depuis des millions d'années, les gaz brûlants et la lave ont raviné les flancs du volcan. Des failles, des cavernes, des puits sont cachés sous la glace. Personne ne connaît tous les secrets du mont Erebus.

Elle avale une gorgée d'eau et ajoute :
– OK, tout le monde ! Vous avez quelques heures pour effectuer vos expériences et vos observations. Ensuite, Peter viendra nous chercher. En route !
Quand Tom se lève, il perd l'équilibre. La pièce vacille autour de lui. Il ferme les yeux, mais son vertige s'accentue.
Il se rassied pendant que les autres franchissent la porte.
Le cœur battant, il pense :
« Je vais me reposer juste une minute. »
Inquiète, Léa revient sur ses pas :
– Tom ? Ça va ?
– La tête me tourne, marmonne-t-il, un peu haletant. Je crois que j'ai le mal des montagnes.
– Je ne me sens pas très bien non plus, avoue sa sœur. Abaisse ta cagoule et ôte tes lunettes. Tu respires mieux ?
Tom prend une grande inspiration :

– Oui, je me sens un peu mieux. Mais on est mal partis…
– Qu'est-ce que tu veux dire ?
– Je veux dire qu'il y a le mal des montagnes, des motoneiges qu'on ne sait pas conduire, des bombes de lave qui peuvent nous tomber dessus, et, en plus, on a une Ancienne Couronne à trouver. Qu'est-ce que c'est, à ton avis, une Ancienne Couronne ?
Nancy passe le nez par l'entrebâillement de la porte :
– Eh bien ? Vous venez ?
– On arrive ! répond Léa.
Tom essaie de vite remettre ses lunettes. Trop tard !
– Mais… mais…, bégaie Nancy. Tu es un gosse, pas un journaliste !
Paniquée, Léa s'efforce de prendre une voix de basse :
– Pas de problème, c'est mon fils.
– Quoi ?

– Oui. Mon petit garçon m'accompagne souvent quand je pars en mission, et…
Tom l'interrompt :
– Ne te fatigue pas, Léa. On est pris.
– Oh, d'accord, soupire la fillette.
À son tour, elle se démasque :
– En réalité, on est frère et sœur.
– Je n'y crois pas ! s'exclame Nancy. Qu'est-ce que vous faites ici tout seuls, les enfants ?

Léa commence à lui expliquer :
– On est vraiment en mission. On est à la recherche…
Elle s'interrompt. Comment raconter qu'ils veulent sauver le magicien Merlin ?
– C'est inconcevable ! continue Nancy. Il faut que je vous reconduise tout de suite à la base principale. Vos parents doivent être fous d'inquiétude.
– Ne vous faites pas de souci, intervient Tom. Nos parents ne…
La jeune femme ne l'écoute pas. Elle a sorti un petit appareil émetteur et appelle :
– Peter ? Allô, Peter ? Tu me reçois ?
La radio crachote. Puis la voix du pilote retentit :
– Je t'écoute, Nancy.
– Peter, il faut que tu reviennes de toute urgence avec l'hélico ! Je viens juste de découvrir que deux membres de l'équipe sont des gosses !

« Des gosses, elle exagère un peu… », pense Tom, vexé.

– Quoi ? Tu peux me répéter ça, Nancy ? demande le pilote.

Nancy se met à crier :

– Deux enfants se sont faufilés dans le groupe ! Je ne m'en suis pas aperçue, et… Oh, c'est trop compliqué à expliquer. Reviens, s'il te plaît !

– D'accord, j'arrive ! Pars avec ton groupe. Je m'occupe des gamins.

– OK, merci ! Ils t'attendront dans la baraque. Terminé !

6

Dégringolez !

Nancy coupe la communication. Puis elle dévisage les enfants d'un air sévère :

– Dire que je me suis laissé tromper ! C'est ahurissant !

Tom non plus n'arrive pas à y croire : comment ont-ils pu échouer aussi lamentablement dans leur dernière mission ?

– Je ne me pardonnerai jamais de vous avoir amenés ici, reprend la jeune femme.

– Vous n'y êtes pour rien, commence Tom. C'est...

– Si, si, c'est ma faute, le coupe Nancy.

Des enfants ! Qu'êtes-vous venus faire dans un endroit aussi dangereux ?
Elle est désemparée.
À l'extérieur, on entend un moteur.
– Oh, s'exclame Nancy. Je dois prendre la tête du groupe qui monte au cratère, sinon, ils seront en difficulté. Peter sera là dans quelques minutes. Attendez-le ici ! Vous pouvez rester seuls un petit moment ? Vous n'aurez pas peur ?
– Non, non, ça ira, lui assure Léa.

La jeune femme va remplir deux gourdes d'eau et les leur apporte :

– Tenez, buvez !

Pendant qu'ils se désaltèrent, elle étend une épaisse couverture sur le sol et monte le chauffage.

– Venez vous étendre là !

Ils obéissent. Nancy leur met une autre couverture sur les jambes :

– Si vous avez soif, n'hésitez pas à aller boire. On se déshydrate vite, ici.

– Merci beaucoup, Nancy, dit Léa.

Tom est trop embarrassé pour prononcer un seul mot. Il a l'impression d'être un gosse, en effet, un petit de la maternelle qu'on oblige à faire la sieste.

– Voilà ! Soyez sages !

Et Nancy se dépêche de sortir de la baraque en marmonnant :

– C'est incroyable, incroyable… !

Presque aussitôt, le grondement des motoneiges retentit. Le groupe de scientifiques et de journalistes part à l'assaut du volcan, conduit par Nancy.

Un peu engourdi par la chaleur, Tom soupire :

– Cette fois, on a tout raté.

– Pourtant, on avait si bien commencé…

Brusquement, Léa s'assied :

– Montre-moi la comptine de Morgane, s'il te plaît !

Tom s'assied à son tour.

Il tire le parchemin de sa poche et le tend à sa sœur. Elle récite à voix haute :

... et puis dégringolez.

La grotte de l'Ancienne Couronne découvrez.

Songeuse, elle murmure :

– Je me demande si ce qui nous arrive n'est pas une façon de « dégringoler »...

– Ça m'étonnerait. Et il n'y a pas d'Ancienne Couronne en Antarctique. On n'a vu que des hélicoptères, un autocar, des motoneiges, du matériel de recherche scientifique, des journalistes... On est bien dans le monde réel, c'est certain. Pas dans un conte.

– En tout cas, reprend Léa d'un ton décidé, je n'ai pas l'intention de perdre mon temps dans cette baraque !

Elle repousse la couverture et se lève :

– Je vais au moins prendre quelques photos en attendant l'hélico.

– Tu as vraiment le cœur à ça ?

– Non, pas vraiment, soupire la petite fille. Mais ça vaut mieux que de rester là à se lamenter.

– Je ne suis pas sûr que ce soit une bonne idée.

– Ne t'inquiète pas, je n'en ai pas pour longtemps. Et on ne sait jamais : je vais peut-être découvrir l'Ancienne Couronne !

– Bien sûr…, lâche Tom, ironique.

Léa rajuste ses lunettes, remonte le bas de sa cagoule et sort.

Une fois seul, Tom reprend le livre. Il cherche « Ancienne Couronne » dans le sommaire. Il constate sans étonnement que ces mots n'y figurent pas.
Il relit ses notes dans son carnet :

Aller lentement.
Rester avec les autres.
Trous dans la glace !
Ne pas toucher les animaux.

Il a froid aux mains, alors il renfile ses moufles, s'allonge sur la couverture et ferme les yeux. Il voudrait dormir, seulement dormir. La chaleur du radiateur l'engourdit. Le ronflement des moteurs lui parvient de très loin.
Il est sur le point de s'assoupir quand les mots de son carnet lui reviennent soudain en mémoire :
« Trous dans la glace ! »

Il se redresse comme un ressort :

– Oh, non !

Rejetant la couverture, il attrape son sac et se précipite à l'extérieur.

Le vent soulève une poudre blanche.

– Léa ! appelle Tom

– Oui, quoi ?

Alors, il l'aperçoit. Elle est en train de prendre des clichés du volcan qui fume.

Il court vers elle en criant :

– Reviens, Léa ! Il ne faut pas s'aventurer seul dans la neige, souviens-toi !

– D'accord, d'accord !

Elle range son appareil photo dans sa poche.

– Viens, la presse Tom.

Il prend sa sœur par la main, et tous deux retournent vers le refuge.

– Tu te souviens des recommandations de Nancy ? poursuit le garçon. Il y a des trous dans… AAAAAAAH !

Tom n'a pas le temps de finir sa phrase, le sol se dérobe sous leurs pieds. Ils passent à travers une fine couche glacée qui cachait une faille et atterrissent sur une petite plateforme gelée. Des paquets de neige leur dégringolent sur la tête.

Un mince rayon de lumière filtre d'en haut. L'ouverture est bien à deux mètres au-dessus d'eux.

Dans le lourd silence qui règne à cet endroit, la voix de Tom résonne bizarrement :

– Ça va ? Tu n'as rien de cassé ?

– Non, je ne crois pas.

Ils s'asseyent prudemment. Léa jette un coup d'œil par-dessus le bord de la plateforme.

– Aïe, aïe, aïe ! fait-elle.

Son frère se penche à son tour. Ils dominent un ravin dont le fond disparaît dans les ténèbres.

– Ça doit être un de ces trous creusés par la lave, dont parlait Nancy, suppose le garçon.

– Extraordinaire ! lâche Léa en ressortant son appareil photo.

À cet instant, la glace craque.

– Ne bouge pas ! piaille Tom.

Léa se fige.

– Ce n'est vraiment pas le moment de faire des photos, grommelle son frère. On est en très mauvaise posture. Si jamais on remue, c'est sûr, la glace va se casser, et on dégringolera jusqu'au centre de la Terre !

Léa propose d'une voix hésitante :

– Si on utilisait la baguette ?

– Ça ne marchera pas. Tu sais bien qu'elle ne sert que pour aider les autres.

– Flûte !

Ils restent immobiles un moment.

Léa dit enfin :

– Bon. Si on n'utilise pas la baguette, on va rester coincés ici. Tôt ou tard, on fera un mauvais mouvement et on glissera dans ce trou. On ne trouvera jamais le quatrième secret du bonheur. Merlin mourra de tristesse. Et alors, la magie de Camelot s'éteindra pour toujours.

– Exact.

– Donc, en nous sauvant, on sauve aussi Merlin et beaucoup d’autres !

– Oui, bien raisonné, reconnaît Tom. Tentons le coup !

Avec des gestes prudents, il dégage de ses épaules les courroies du sac. Il fouille dedans et en sort la baguette de Dianthus.

– Bon, cinq mots. Je vais demander qu’elle nous sauve tous les trois, Merlin et nous. D’ailleurs, il y a longtemps qu’on aurait dû faire ce souhait.

– Impossible, on n’avait pas essayé tous les moyens.

– C’est vrai. Tu es prête ?

Tom ferme les yeux, il réfléchit. Puis il lève la baguette scintillante et clame :

– Sauve Merlin, Léa et moi !

Il attend quelques secondes avant d’ouvrir les yeux et regarde autour de lui :

– Que s’est-il passé ?

– Rien, dit Léa.

– Alors, ça n'a pas marché. Pourtant, on a respecté les trois règles. Qu'est-ce que…
À cet instant, la glace craque autour des enfants. La plateforme se fendille.
– AAAAAAAAAAAAH !
Tom et Léa chutent dans le trou sans fond. Ils tombent, ils tombent, ils n'en finissent pas de tomber.
Et l'obscurité se referme sur eux.

7

L'empereur

Tom est allongé dans une obscurité totale, la main serrée sur la baguette magique. Il repousse ses lunettes sur son nez, mais il n'y voit pas davantage.

– Tu es là ?

C'est la voix de Léa.

– Oui.

– Tu vas bien ?

– Oui. Mais on est dans de sales draps ! Nous voilà au fond d'un trou noir, et la magie n'a pas fonctionné.

– On devrait peut-être essayer encore ?

– Pour quoi faire ? On ne pourra jamais sortir d'ici.

Les deux enfants restent un moment silencieux. Soudain Léa fait remarquer :

– Hé ! On bouge !

– Hein ?

C'est vrai, ils bougent. Le sol de glace, au-dessous d'eux, dérive lentement.

– Qu'est-ce qu'il se passe ? souffle Tom.

– On n'est peut-être pas dans un puits. Regarde, on dirait de la lumière, là-bas !

En effet, on distingue une lueur au loin. À mesure qu'ils approchent, elle brille plus fort. Soudain, ils sortent d'un tunnel obscur et clignent des yeux, éblouis.

Tom constate alors que la plaque sur laquelle ils sont assis flotte sur une rivière souterraine. Le soleil se faufile sans doute par des failles pour qu'elle scintille ainsi.

– On est comme sur un radeau ! s'écrie Léa. J'ai bien l'impression que la magie a fonctionné, finalement !

L'embarcation improvisée passe sans bruit de l'ombre à la lumière, longeant de hautes falaises d'un blanc bleuté. Puis elle s'engage sous une voûte.

– Où allons-nous ? se demande Tom à voix haute.

Après avoir franchi cette ouverture, les enfants débouchent dans une immense grotte, semblable à une cathédrale de glace. Ses parois étincellent comme si elles étaient incrustées d'argent.

– C'est beau ! s'émerveille Léa.

– Où sommes-nous ? s'étonne Tom.

La rivière traverse la caverne, ils voguent entre de hautes arches et d'impressionnantes corniches déchiquetées.

Tom se sent observé. Il lui semble entendre d'étranges murmures.

Soudain, Léa sursaute. Elle désigne l'entrée d'une galerie et souffle :

– Regarde !

Debout sur la rive se tient un très grand manchot empereur. Il ressemble tout à fait à ceux que les enfants ont vus à leur arrivée.

Le gros volatile les fixe, immobile, tandis que le radeau s'approche de la berge.

Alors, Tom écarquille les yeux : incroyable !

Le majestueux oiseau est coiffé d'une couronne scintillante.

– C'est l'Ancienne Couronne ! s'écrie le garçon. On l'a enfin trouvée !

Charmée, Léa se met à sourire jusqu'aux oreilles.

L'embarcation de glace heurte doucement la rive, juste au pied de la créature couronnée.

– Bonjour, dit la petite fille.

Le manchot jabote d'une voix grave. Il ne parle pas avec des mots humains, pourtant les enfants le comprennent parfaitement :

– *Bienvenue dans la grotte de l'Ancienne Couronne !*

L'animal a une allure si noble que Léa esquisse une révérence. Quant à Tom, il s'incline. Ce manchot est un véritable empereur !

D'un geste de l'aile, il invite les deux enfants à avancer :

– *Venez !*

Léa saute du radeau pour s'engager dans la galerie. Tom range la baguette de Dianthus, remet le sac sur son dos et s'efforce de ne pas déraper en grimpant sur la berge. Puis il suit sa sœur.

En émergeant de la galerie, ils restent bouche bée. Ils sont sur le seuil d'une immense salle qui brille de mille feux. De hautes colonnes de glace soutiennent la voûte étincelante. Une sorte de musique emplit l'air, comme si le vent faisait tinter des millions de légers carillons.
Là sont réunis des dizaines de manchots. Avec leur ventre blanc, leurs ailes et leur dos noirs, ils ressemblent plus que jamais à de petits hommes en habit de cérémonie. Tous observent les jeunes arrivants d'un air amical.
– Waouh ! s'exclame Tom. Comment un tel prodige est-il possible ?
– C'est magique, voilà tout, souffle Léa. L'Antarctique appartient au monde réel, mais, tu vois, c'est aussi un pays comme il en existe dans les contes !
Lorsque les deux enfants apparaissent, l'empereur lève une aile et annonce :

– *Voici ceux qui ont courageusement défendu l'un des nôtres. Merci de les accueillir !*

Aussitôt, tous les manchots frappent leur corps rond de leurs petites ailes. Cela produit un tonnerre d'applaudissements, qui résonne longuement dans le palais souterrain.

Tom, interloqué, dévisage Léa. Elle lui chuchote à l'oreille :

– Mais oui, rappelle-toi ! À notre arrivée, on a chassé le pétrel qui attaquait un bébé manchot !

L'empereur se tourne alors vers Tom et Léa. Il leur déclare solennellement :

– *Restez parmi nous aussi longtemps que vous le désirez ! Vous êtes nos hôtes.*

Léa le remercie :

– C'est gentil à vous. Mais nous ne pouvons pas nous attarder. Nous sommes venus en Antarctique pour découvrir l'un des secrets du bonheur.

Tom trouve naturel de révéler la vérité, puisque l'empereur vit dans un univers aussi magique que celui de Camelot :
– Nous devons sauver un de nos amis. Il s'appelle Merlin. C'est un magicien, et il est très malade. Malade de tristesse.
À ces mots, l'assemblée jabote avec animation. Tom n'arrive pas à saisir un seul mot. C'est alors que, du fond de la salle, s'avance une boule de duvet gris avec deux yeux tout ronds et noirs comme des perles. Ce poussin n'est pas celui que les enfants ont défendu contre le pétrel, il est beaucoup plus jeune.
Il s'approche de l'empereur en se dandinant et il piaille :
« Pip, pip, pip ! »
Le manchot couronné se tourne vers Tom et Léa :
– *Il dit qu'il est seul au monde. Ses parents ont été emportés par une terrible tempête. Mais il reste*

brave et gai. Il rendra la joie de vivre à votre ami Merlin.

Léa s'accroupit pour caresser la tête du petit :

– Oh, merci, merci !

Tom se penche à son tour. Il se sent envahi par une vague de tendresse pour le pauvre orphelin. Il murmure d'une voix émue :

– Oh, tu es adorable, gentil Pirlouit !

Léa se met à pouffer. D'habitude, c'est elle qui donne des noms aux animaux qu'ils rencontrent !

« Pip, pip ! »

– Il vous prie de l'emmener avec vous, traduit l'empereur.

– D'accord, accepte Tom.

Il soulève le bébé dans ses bras. Pirlouit se blottit aussitôt tout contre sa parka. L'empereur se tourne alors vers la foule. Il déclare quelque chose que Tom et Léa ne comprennent pas. L'assistance en habit noir et blanc frappe de nouveau des ailes comme pour applaudir.

L'empereur dit aux enfants :

– *Suivez-moi !*

– Au revoir, les amis ! lance la petite fille aux manchots.

Le garçon les salue de la main.

« Pip ! » piaille Pirlouit.

Ils s'engagent dans la galerie. L'étrange musique de carillon s'éloigne peu à peu. Arrivé sur la berge de la rivière souterraine, l'empereur les remercie encore :

– *Vous avez sauvé un de nos petits, nous ne l'oublierons jamais !*

Il salue les enfants, qui s'inclinent.

Puis il repart dans son palais de glace.

Tom soupire. Il n'a pas envie de s'en aller tout de suite, de quitter ce monde magique. Léa le rappelle à la réalité :
– Bon, et maintenant qu'est-ce qu'on fait ? On utilise la baguette pour repartir ?
Le garçon hausse les épaules :
– Tu vois un autre moyen ?
– On se rend à la cabane, ou directement à Camelot ?
– Non. Il faut qu'on retourne d'abord au mont Erebus. Si Nancy découvre que Peter ne nous a pas récupérés, elle va piquer une crise : « C'est incroyable ! Incroyable ! »
Son imitation fait rire la petite fille :
– Oh, tu as raison !
Tom se tourne pour lui présenter son sac à dos :
– Tiens !
Dès que Léa a la baguette de Dianthus entre ses mains, elle demande :

– Est-ce que tu es prêt ?

Tom ouvre sa parka et fourre le bébé manchot contre sa poitrine, bien à l'abri. Il lui murmure :

– En route, Pirlouit ! Nous voilà partis pour une grande aventure !

Léa prépare ses cinq mots. Elle lève la baguette et lance :

– Ramène-nous auprès de Nancy !

En un éclair, ils sont de retour sur le flanc du mont Erebus.

8

Une bonne histoire

Les motoneiges et l'hélicoptère sont garés devant le refuge. Les quatre scientifiques et journalistes discutent avec Peter et Nancy.
Léa retient son frère par la manche :
– Et Pirlouit, alors ? S'ils voient qu'on a un bébé manchot, ils vont nous l'enlever !
Tom remonte la fermeture de sa parka jusqu'en haut :
– Je vais le cacher. Il faut absolument qu'on l'amène à Merlin.
Un cri le fait sursauter.

Nancy vient de les apercevoir. Elle court vers eux avec tant de précipitation que la neige vole sous ses pieds :

– Oh, enfin, vous êtes là !

Elle referme ses bras autour des enfants et les serre contre elle.

Tom retient son souffle : pourvu que Pirlouit ne soit pas écrasé !

« Pip ! »

Le garçon se détourne brusquement et tousse très fort.

– L'hélico s'est posé à l'instant. Peter a été retardé par une tempête de neige. J'étais affolée de ne pas vous trouver dans le baraquement. Où êtes-vous allés ?

– Prendre quelques photos, explique Léa.
– Et respirer un peu d'air frais, ajoute Tom. Mais on est prêts à partir.
Pour que Nancy ne découvre pas la présence de Pirlouit, Léa entraîne la jeune femme vers l'hélicoptère :
– Vous avez vu des choses intéressantes, sur le volcan ?
– Des tas de choses ! Mais je me tracassais pour vous. Vos parents doivent être morts d'inquiétude !
– Oh non ! Ils étaient en expédition, aujourd'hui. Ils étudient les manchots empereurs.
« Pip ! »
Intriguée, Nancy jette un œil derrière elle. Tom se remet aussitôt à tousser.
– Tu n'as pas pris froid, mon garçon, j'espère ? s'inquiète la guide.
– Non, non, tout va bien. On n'a même pas eu le mal des montagnes !

Lorsqu'ils approchent du petit groupe, tout le monde les accueille avec des rires et des exclamations. Nancy a dû leur raconter que les soi-disant journaliste et photographe étaient en réalité deux enfants !
Ali, le biologiste, envoie une claque amicale dans le dos de Tom :
– Content de vous revoir sains et saufs, jeune homme !
« Pip ! » piaille Pirlouit, et le garçon est pris d'une nouvelle quinte de toux.
– Dommage que vous n'ayez pas pu aller jusqu'au cratère, déclare Kim, la reporter.
– Oh, ça ne fait rien, répond Léa. On a tout de même une belle histoire à raconter.
– Vraiment ? s'intéresse Lucy, l'ingénieur de l'espace.
– En ce cas, se moque gentiment Tony, le chroniqueur, gardez-la secrète. Sinon, l'un de nous vous la volera !
Tout le monde rit.

Peter ouvre la porte de l'hélicoptère.
– Les enfants d'abord ! décide Nancy.
Et elle les pousse vers l'engin.
Ils grimpent dans la cabine. Les autres passagers prennent place à leur tour. Chacun boucle sa ceinture. Tom veille à ne pas trop serrer la sienne pour ne pas étouffer Pirlouit.
« Pip ! »
Par chance, Peter vient de mettre le contact ; le rotor commence à tourner.
– Prenez vos écouteurs ! crie Nancy, assise à côté du pilote.
Tandis que l'engin s'élève dans les airs, elle déclare :
– J'aime particulièrement les soirs de printemps en Antarctique.
Tom appuie son front contre la vitre. Le ciel a pris une teinte lavande et rose.
– Il me semble toujours que ce monde est unique, presque magique, ajoute la guide.

À ces mots, Tom et Léa échangent un sourire complice. Si Nancy savait à quel point elle a raison !

L'hélicoptère longe le flanc du volcan. Il survole les vastes étendues de glace et de neige étincelantes. Puis il se pose sur l'héliport de la base principale, où l'autocar rouge attend.

Dès que les pales cessent de tourner, les passagers quittent le bord. Avec Pirlouit bien caché sous sa parka, Tom monte dans

l'autocar et gagne la banquette du fond avec sa sœur.

Nancy s'installe sur le siège du conducteur et met le moteur en route.

Tom entrouvre son blouson. Pirlouit lui jette un regard inquiet. Le garçon lui caresse la tête, jusqu'à ce que le bébé manchot s'endorme.

En regardant défiler le paysage blanc, Tom sent sur sa poitrine le petit corps tout doux et tout chaud.

Il oublie les moments terribles de cette journée : sa peur de tomber dans le lac de lave, le mal des montagnes, son embarras quand Nancy a découvert qui ils étaient. Tout cela s'efface. Il ne lui reste plus que le bonheur de tenir contre sa poitrine le gentil manchot orphelin.

Quand l'autocar s'arrête devant la base, les enfants descendent derrière les autres passagers. Puis, tandis que le groupe bavarde, ils s'empressent de s'éloigner.

– Au revoir, Nancy ! Au revoir les amis, lance Léa.

– Merci encore ! renchérit Tom.

Nancy fait volte-face et les rattrape par la manche :

– Oh, non, vous deux ! Je ne vous laisse plus disparaître hors de ma vue ! Pas avant de vous avoir remis à vos parents !

– Mais… mais…, bégaie Léa. Nos parents ne sont pas rentrés de leur expédition.

– Alors, je vous ramène chez vous.
Nancy les tient fermement. Elle ne semble pas avoir l'intention de les lâcher. Elle les conduit vers un bâtiment :
– Je suppose que vous êtes logés dans le quartier des zoologistes ?
– Euh… oui, marmonne Tom.
Comment vont-ils se débarrasser de leur guide ?
Celle-ci insiste :
– Vos parents sont vraiment venus ici pour étudier les manchots ? Je veux que vous me disiez la vérité.
Avec un gros soupir, la fillette avoue :
– Oh, bon, d'accord ! La vérité, c'est que Tom et moi, on est arrivés en Antarctique dans une cabane magique.
– Léa ! s'étrangle Tom.
Mais elle continue :
– Cette cabane appartient à la fée Morgane, la bibliothécaire de Camelot.

Elle nous a envoyés rechercher des secrets du bonheur pour sauver l'enchanteur Merlin, qui est très déprimé.

« Mais qu'est-ce qu'elle raconte… ? » s'affole le garçon.

Nancy fixe Léa d'un air étonné. Puis elle éclate de rire :

– Quelle imagination ! Vous êtes trop mignons, tous les deux. Allons, soyons sérieux. Parlez-moi de vos parents.

Tom se gratte la gorge :

– Hum… Eh bien, ils…

À cet instant, Léa s'écrie :

– Oh, les voilà ! Papa ! Maman !

– Hein ? fait le garçon, ahuri.

– Regarde, ils sont là-bas ! continue Léa en désignant un couple en parka qui se dirige vers l'un des bâtiments.

– Ah… ! Oh… ! Mais oui !

Entrant dans le jeu de sa sœur, Tom appelle à son tour :

– Papa ! Maman ! On est là !
Soudain le couple disparaît derrière un baraquement.
– Ils ne nous ont pas entendus, dit Léa. Courons les retrouver, ils vont se demander où on est passés. Au revoir, Nancy ! Merci encore pour tout !

Le petit groupe de chercheurs et de journalistes bavarde toujours à côté de l'autocar. Tony fait un signe du bras :

– Nancy ! Tu viens prendre un café avec nous ?

– Pas de problème, Nancy, déclare Léa. Vous pouvez nous laisser, maintenant.

La jeune femme n'hésite qu'une seconde :

– Bon, d'accord. Rejoignez vite vos parents ! Au revoir !

« Pip ! »

Tom se remet à tousser.

– Et toi, mon cher Tom, soigne bien vite cette mauvaise toux !

Dès que Nancy s'est éloignée, les enfants filent se cacher derrière le bâtiment. Ils passent prudemment la tête au coin. Nancy ne s'occupe plus d'eux, elle discute avec Tony et les autres.

– Allons-y ! décide Tom.

Tous deux quittent la base de McMurdo.

Ils escaladent la pente neigeuse et courent jusqu'à la falaise qui surplombe la corniche de glace, là où la cabane magique s'est posée.
Elle les attend... Léa enjambe la fenêtre, Tom la suit en tenant bien Pirlouit.
Léa sort de sa poche le parchemin de Morgane et lit la fin de la comptine :

Avant la fin du jour à Camelot soyez.
Car ainsi à jamais du cœur lourd de Merlin
S'en ira le chagrin.

– Vite ! s'impatiente Tom. Partons !
Sa petite sœur pose le doigt sur le mot « Camelot » et récite à voix haute :
– Nous souhaitons être emportés là-bas !
Aussitôt, le vent se met à souffler, la cabane à tourner.
Elle tourne plus vite, de plus en plus vite.
Puis tout s'arrête, tout se tait.

9

Merlin et Pirlouit

Tom et Léa ont retrouvé leur tenue habituelle : jeans, blousons, écharpes et bonnets. La petite fille va vite regarder à la fenêtre et constate :

– On est à Camelot.

« Pip ! »

Tom pose le bébé manchot sur le rebord pour qu'il voie le château du roi Arthur.

La cabane magique s'est perchée en haut d'un pommier, dans le verger. Les tours de l'édifice se découpent sur le ciel qui s'assombrit.

Des chevaliers en armures se dirigent au galop vers le pont-levis.

– Tom ! Léa !

Teddy et Kathleen traversent le verger en courant, ils dérapent sur les feuilles mortes et les pommes tombées, et ils rient.

Brusquement, Tom s'exclame :
– Mais… il y a un problème. On est partis trop tôt. On n'a même pas découvert le quatrième secret !
– Qu'est-ce que tu racontes ? fait Léa. C'est Pirlouit, le secret !
– Non, je ne pense pas. Rappelle-toi : pour le poète Basho[1], le secret du bonheur était l'attention aux choses les plus simples. Pour le peintre Léonard de Vinci[2], c'était la curiosité. Pour Henry le scientifique[3], la compassion envers tous les êtres vivants. Et cette fois ? Personne ne nous a révélé de secret !
– Oh ! Tu as raison…
Teddy et Kathleen sont déjà en bas de la cabane. Ils lancent :
– Alors, vous venez ?
Tom remet Pirlouit dans son blouson, et les enfants descendent rapidement par l'échelle de corde.

1. Lire le tome 32, *Le dragon du mont Fuji.*
2. Lire le tome 33, *Le secret de Léonard de Vinci.*
3. Lire le tome 34, *Un monstre sous les mers.*

– Oh ! s'écrie Kathleen lorsqu'elle voit dépasser la tête du petit. Qu'est-ce que vous avez là ?

– C'est un bébé manchot pour Merlin, répond Tom.

– Qu'il est mignon ! s'attendrit la Selkie.

– Suivez-nous, intervient Teddy. On vous conduit tout de suite chez lui.

Ensemble, ils se dirigent vers une jolie chaumière, à la lisière des arbres.

– C'est là que Merlin habite ? s'étonne Tom.

– Oui, confirme Teddy. C'est une maison de jardinier qu'il aimait beaucoup quand il était enfant. Morgane a pensé qu'il s'y sentirait bien. Malheureusement, rien ne le sort de sa tristesse. Il refuse de manger, et voilà des jours qu'il n'a pas prononcé un mot.

Le jeune enchanteur ouvre la porte pour faire entrer Tom et Léa.

Morgane est assise au chevet de Merlin. Les dernières lueurs du jour éclairent le front pâle du vieux magicien. Il est allongé, immobile, les paupières closes, les mains croisées sur la poitrine. C'est à peine s'il semble respirer.

Morgane paraît très lasse, elle aussi. Mais, quand elle voit les enfants, son visage s'illumine :

– Enfin, vous voilà !

Léa se jette dans ses bras. Tom s'avance, portant Pirlouit :

– Regardez le joli cadeau que nous apportons à Merlin !
– Oh ! s'émerveille la fée. Quelle belle petite bête !
Elle se penche vers le malade pour lui murmurer à l'oreille :
– Merlin ? Tom et Léa sont arrivés. Ils veulent vous parler.
– Bonjour, Merlin, dit Léa. Comment vous sentez-vous ?
Le magicien n'ouvre pas les yeux, mais il bouge légèrement la tête pour montrer qu'il a entendu.
Tom reste un peu en arrière, silencieux.
Léa poursuit :
– Nous avons découvert trois secrets du bonheur, et nous venons les partager avec vous.
Elle fouille dans le sac de son frère et en tire le papier qu'ils ont rapporté de leur voyage au Japon :

– Écoutez ! C'est un poème d'un certain Basho. Elle lit :

Un vieil étang :
Une grenouille saute –
Bruit d'eau.

– Pour ce grand poète japonais, explique la fillette, le secret du bonheur, c'est d'être attentif aux plus petites choses de la nature.
Merlin répète d'une voix si faible qu'on l'entend à peine :
– La nature…
– C'est tout à fait ça, reprend Léa. On a aussi ceci pour vous !
Elle déroule le dessin venu de Florence et le tient devant Merlin :
– C'est un ange dessiné par le célèbre Léonard de Vinci.
Le magicien entrouvre un œil.

– C’est beau, hein ? Le secret du bonheur, selon Léonard, c’est d’être curieux de tout : les nuages, les fleurs, les visages… Chaque fois qu’il apprend quelque chose de nouveau, il est heureux.

Merlin fixe gravement le portrait de l’ange et marmonne :

– Oui, la curiosité…

– Voici le troisième secret, continue Léa.

Cette fois, elle sort du sac le magnifique coquillage rapporté de leur voyage au bord de l’océan :

– Une bête a vécu dans cette coquille. Un spécialiste de la mer nous a confié que le secret du bonheur, c’est d’avoir de la compassion envers tous les êtres vivants, des plus minuscules aux plus gigantesques.

Merlin prend le coquillage entre ses mains. Il murmure d’une voix rauque :

– La compassion…

Tom songe en soupirant :

« Ça n'a pas l'air de le réconforter… »
Alors Léa lui souffle :
– Donne-lui Pirlouit !
Le garçon s'avance :
– Merlin, nous n'avons pas découvert de quatrième secret du bonheur. Mais nous avons ce petit à vous confier. Tenez ! Il s'appelle Pirlouit.
Le magicien regarde le bébé manchot. Il paraît perplexe. Tom explique :
– Il est orphelin, ses parents ont disparu lors d'une terrible tempête.
Merlin fronce ses gros sourcils :
– Il est très jeune…
– Oui, dit Léa. Et il a voulu venir vivre avec vous.

– Dans la grotte de l'Ancienne Couronne, ajoute Tom, nous avons rencontré l'empereur des manchots. Il nous a confié ce bébé, qui est brave et gai.

« Pip ! » fait Pirlouit. « Pip ! »

Le visage de Merlin se plisse, et il pouffe. D'abord, il émet une sorte de toux, comme s'il ne savait plus vraiment rire. Peu à peu, il rit de plus en plus fort. Il se redresse, s'assied au bord du lit. Il prend le poussin dans ses mains et le presse contre sa longue barbe. Son visage est illuminé de joie.

– L'empereur des manchots est très sage, constate Morgane. Il vous a envoyé cet orphelin. Désormais, vous devrez bien vous occuper de lui.

Merlin approuve de la tête. Puis il se lève. Berçant Pirlouit dans ses bras, il marche lentement jusqu'à la porte et regarde au-dehors.

– L'air embaume la pomme mûre, fait-il remarquer.

– Oui, mon vieil ami, dit Morgane en essuyant une larme. Notre verger est plein de pommes.

Merlin se tourne vers Tom et Léa :

– Merci, les enfants ! Je vous remercie de m'avoir confié… Comment s'appelle-t-il, déjà ?

– Pirlouit, répond la petite fille.

– Ah oui ! Pirlouit. Et merci pour les trois autres cadeaux.

Je n'oublierai jamais les secrets que vous avez partagés avec moi.
« Pip ! »
– Oui, oui, fait le magicien avec tendresse. Tu vas rester ici, et nous serons heureux, tous les deux. Allons dans le verger, et regardons la lune se lever !

Merlin pose Pirlouit dans l'herbe.
Le bébé manchot s'élance vers les arbres en se dandinant. Le vieux magicien le suit, le visage tourné vers le ciel, tandis que la lune s'élève lentement au-dessus du royaume de Camelot.

10

Le quatrième secret

Kathleen et Teddy s'exclament :

– Bravo !

– Vous avez réussi !

Morgane renchérit :

– Oui, merci ! Merci d'avoir découvert ces quatre secrets.

Léa soupire :

– En fait, on n'est pas sûrs de savoir quel est le quatrième.

Tom ajoute :

– En tout cas, ce n'est sûrement pas un bébé manchot !

La fée les observe en souriant :
– Et si c'était tout simplement : prendre soin de quelqu'un qui a besoin de vous ?
– Oh ! fait Léa. Ce serait ça, le quatrième secret ?
Morgane hoche la tête :
– Oui, c'est une chose qui rend heureux. Comme les trois autres secrets, cela oblige à ne pas rester renfermé sur soi-même. Alors, on profite mieux de tous les cadeaux que la vie peut nous offrir.
– C'est vrai, approuve Tom. Quand j'ai dû protéger Pirlouit, j'ai oublié mes peurs et mes soucis.
– Je suppose qu'il va te manquer. Mais vous reviendrez le voir.
Les yeux de Léa se mettent à briller :
– Ça signifie qu'on partira bientôt pour une nouvelle mission ?
Son enthousiasme fait rire la fée :
– Vous devriez vous reposer maintenant.

Rentrez d'abord chez vous ! Dans quelque temps, nous y penserons.

– Dans pas trop longtemps, j'espère ! s'écrie la petite fille. Se reposer, on n'aime pas beaucoup ça !

– Nous verrons bien, dit la fée, d'un air énigmatique.

Soudain, Léa se souvient de quelque chose :

– Oh ! Avant de partir, je vais prendre une photo pour mon projet d'école. Morgane, Teddy, Kathleen, mettez-vous là ! Vous formez une sorte de famille, n'est-ce pas ?

Elle sort son appareil de sa poche et les cadre sur l'écran :

– Souriez !

Tous trois la regardent, interloqués.

– Qu'est-ce que tu tiens dans tes mains ? l'interroge Teddy.

– Un appareil photo. Souriez ! Dites « cerise » !

– Cerise ? Pourquoi « cerise » ? s'étonne Kathleen.
– Clic ! Ça y est !
– Mais…, qu'est-ce que tu as fait ? insiste Teddy.
Tom intervient :
– Ce n'est pas facile à expliquer. C'est une sorte de magie, une magie de notre époque à nous.
Morgane sourit :
– Allez, il est temps que vous partiez. Bon retour !
– Au revoir ! les saluent les deux jeunes magiciens.
Tom et Léa traversent le verger jusqu'au gros pommier. Ils grimpent dans la cabane. Tom ramasse le livre sur le Bois de Belleville.
– Attends, le retient Léa. Je vois Merlin et Pirlouit, sous les arbres. Eux aussi, ils ressemblent à une petite famille. Je vais les photographier.

Clic !

– Voilà ! On peut repartir, soupire-t-elle.

– Au revoir, Pirlouit, murmure Tom.

Il pose le doigt sur l'image et déclare :

– Nous souhaitons retourner là-bas !

Le vent se met à souffler, la cabane à tourner.

Elle tourne plus vite, de plus en plus vite. Elle tourbillonne comme une toupie folle.

Puis tout s'arrête, tout se tait.

– Nous revoilà chez nous, dit Léa.
– Oui. C'était un beau voyage. J'espère qu'on reverra bientôt Pirlouit.
– Si nous rencontrons Merlin, on le verra certainement aussi. Ils ne vont plus se quitter, maintenant. Au moins, on a une photo d'eux, et une de Morgane avec Teddy et Kathleen.
La petite fille appuie sur la touche « menu » pour faire défiler ses clichés. Alors elle s'exclame :
– Oh, non ! Je n'y comprends rien !
– Quoi ?
– Tout a disparu ! Je n'ai aucune image de l'Antarctique, ni des manchots, ni de Merlin et des autres !
– Vraiment ? s'étonne son frère.
Puis il réfléchit :
– Ce qu'on a vu pendant un voyage magique ne peut sans doute pas être photographié.

– Tu as sûrement raison. Regarde, je n'ai que les clichés pris devant la maison avant notre départ.

Elle montre l'écran à Tom. On y voit le garçon, l'air surpris.

– Celle-là, tu l'as faite à l'instant où j'ai vu le rayon lumineux passer au-dessus du bois.

– Oui, et tu as su que la cabane magique était de retour. Je me demande quand elle reviendra…

Tom dépose le livre sur l'Antarctique dans un coin, et tous deux se dirigent vers la trappe.

Lorsqu'ils arrivent en bas de l'échelle, ils constatent que la nuit est presque tombée. Tom frissonne ; il a froid, et il a faim.

– Donc, fait Léa, le quatrième secret, c'est de prendre soin de quelqu'un. Je suppose que ça peut être d'un bébé, d'une personne qui a du chagrin, ou même d'un chien perdu…

– … ou d'un nouveau qui arrive à l'école, ajoute Tom en hochant la tête. Et je pense que ça marche aussi dans l'autre sens.
– Qu'est-ce que tu veux dire ?
– Parfois, on peut rendre les gens heureux en les laissant s'occuper de nous.
– Oh, je comprends ! Par exemple, des parents éprouvent du bonheur lorsqu'ils veillent sur leurs enfants.
– Même quand ils les obligent à mettre leur écharpe et leur bonnet.
– Ou quand ils leur préparent à manger.
– Ou lorsqu'ils leur recommandent de rentrer avant la nuit.
Tous deux échangent un regard.
– On ferait bien de se dépêcher, fait remarquer Léa.
– Tu as raison, pouffe Tom. Sinon, papa et maman ne vont pas être heureux du tout !

Le vent secoue les branches, des feuilles mortes se détachent et tombent en tournoyant. Un vol d'oies sauvages traverse le ciel avec des cris rauques, tandis que les deux enfants courent le long du sentier dans le froid crépuscule de novembre.

Fin

Tu peux suivre de nouvelles aventures de Tom et Léa au fil de quatre autres volumes :

36. Fête enchantée au palais
37. Fantômes à La Nouvelle-Orléans
38. Enlèvement au pays des farfadets
39. Le voleur de Londres

La Cabane Magique

1 - La vallée des dinosaures
2 - Le mystérieux chevalier
3 - Le secret de la pyramide
4 - Le trésor des pirates
5 - Perdus en forêt amazonienne
6 - Le sorcier de la préhistoire
7 - Le voyage sur la Lune
8 - Panique à Pompéi
9 - Le terrible empereur de Chine
10 - L'attaque des Vikings
11 - Course de chars à Olympie
12 - Sauvés par les dauphins
13 - À la poursuite des voleurs de chevaux
14 - Dans la gueule des lions
15 - Danger sur la banquise
16 - Les dernières heures du *Titanic*
17 - Sur la piste des Indiens
18 - Piégés dans la jungle
19 - Au secours des kangourous
20 - Sous le feu des projecteurs
21 - Gare aux gorilles !
22 - Drôles de rencontres en Amérique
23 - Grosses vagues à Hawaï
24 - Au royaume du roi Arthur
25 - Les mystères du château hanté
26 - À la recherche de l'Épée de Lumière

Si tu as envie de nous donner
tes impressions sur la série
ou nous parler de tes propres voyages,
réels ou imaginaires,
n'hésite pas à nous écrire !

N'oublie pas d'écrire
ton nom et ton adresse
sur la lettre !